D1663206

Silbernes ENGELSHAAR!

Ein Weihnachtsmärchen
von Sigrid Lüddecke
mit Bildern von Gisela Gottschlich

„Faule Englein, die nur Schabernack im Kopf haben, können wir im Himmel nicht gebrauchen", sagte der Petrus mit donnernder Stimme und blickte das kleine Englein streng an. „Heute ist der Heilige Abend, da muß jedes Weihnachtsenglein den Menschen eine Freude machen. Also, marsch auf die Erde mit dir! Mach deine Sache gut, dann lasse ich dich wieder herein – dann will ich auch all den Unsinn vergessen, den du angestellt hast!"

Rumms! schlug dem Englein die Tür vor der Nase zu und es stand draußen. Das Englein klimperte erschrocken mit den Flügeln und flog zur Erde hinunter. Da war alles tief verschneit, und wenn es kein Englein gewesen wäre, hätte es in dem dünnen Kleid sicher furchtbar gefroren. Da klang durch die klare Winterluft ein helles Läuten an sein Ohr. Das ist gewiß der Weihnachtsmann, dachte das Englein. Schon kam der Schlitten angesaust.

Zwei weiße Pferde zogen ihn und darin saß tatsächlich der Weihnachtsmann. „Du hast dich wohl verlaufen?" fragte er, als er das Englein erblickte. Das Englein schämte sich sehr, dennoch sagte es die Wahrheit: „Petrus hat mich aus dem Himmel ausgesperrt. Nur, wenn ich einem Menschen eine Weihnachtsfreude mache, darf ich wieder hinein." Der Weihnachtsmann kniff ein Auge zu und schmunzelte. „Frech gewesen, hm?" fragte er. „Na, steig auf!"

Das Englein war sehr froh, daß es den Weihnachtsmann getroffen hatte. Schnell setzte es sich auf den Schlitten. Dann fuhren die beiden in den nächsten Tannenwald und suchten die schönsten Bäumchen aus, um sie zu schmücken und den Menschen zu bringen. Der Weihnachtsmann holte einen großen Sack von seinem Schlitten und schüttete allerlei bunten Weihnachtsschmuck in den Schnee. Den hängten das Weihnachtsenglein und er dann zwischen die grünen Zweige.

Aber als aller Weihnachtsschmuck verbraucht war, stand noch ein Bäumchen mit leeren Zweigen da. Ratlos kraulte der Weihnachtsmann seinen Bart und das Englein machte ein bestürztes Gesicht. Dann hatte es eine Idee. Es steckte die goldenen Sterne von seinem Kleidchen zwischen die Zweige und hängte sein silbernes Engelshaar darüber. Das sah schon recht schön aus, aber das Englein war noch nicht zufrieden. Es nahm den Silberstaub von seinen

Flügeln und stäubte ihn über die Zweige. „Das ist das schönste Weihnachtsbäumchen, das ich in meinem langen Leben gesehen habe", sagte der Weihnachtsmann und streichelte dem Englein über sein zerrupftes Köpfchen. „Jetzt hilf mir, den Schlitten zu beladen, damit wir die Gaben zu den Menschen bringen können." Bald war alles im Schlitten verstaut und die weißen Pferde trabten an. Mit Schellengeläute ging es dahin.

Bald sah das Englein die ersten erleuchteten Fenster durch die Nacht blinken und – huii – schon kam der Schlitten mitten im Dorf zum Stehen. Aus vielen Fenstern fiel schon der goldene Weihnachtsschimmer, doch es gab auch ein paar Fenster, da merkte man gleich, daß der Schimmer fehlte. Dorthin brachte der Weihnachtsmann die geschmückten Bäumchen. Zum Schluß war nur noch das Bäumchen mit dem Engelshaar übrig. „Das ist dein Bäumchen", sagte der Weihnachtsmann.

„Du darfst es selbst zu den Menschen bringen.“ Zuerst sah das Englein etwas ratlos aus, doch dann entdeckte es am Ende des Ortes ein Häuschen, wo überhaupt nichts von einem Weihnachtsschimmer zu bemerken war. Dorthin ging es mit seinem Bäumchen. Unbemerkt stellte es dieses ins Zimmer, dann ging es geschwind vors Haus zurück und stellte sich ans Fenster. Wie freuten sich die Kinder, als sie das Bäumchen entdeckten! Das Englein freute sich auch.

„Das hast du gut gemacht!" lobte der Weihnachtsmann. „Ich glaube, daß der Petrus mit dir zufrieden ist und dich wieder in den Himmel läßt. Viel Glück, kleines Englein! Bestimmt sehen wir uns im Himmel wieder!" Und während der Weihnachtsmann mit seinem leeren Schlitten dahinfuhr, schwebte das Englein mit glücklichem Herzen zurück in den Himmel. Dort klopfte es an das große Himmelstor. Der Petrus war recht erstaunt, als er das zerrupfte Englein sah.

„Schon wieder Dummheiten gemacht?" knurrte er. „Wie siehst du denn aus? Wo sind deine Haare und die Sternchen von deinem Kleid? Wo ist der Silberstaub von deinen Flügeln?" – „Ich habe ein Weihnachtsbäumchen damit geschmückt", sagte das Englein bescheiden. „Darf ich nun wieder in den Himmel?" Der Petrus war gerührt. „Komm rein!" brummte er. Er ließ dem Englein neue Sterne aufnähen und gab ihm Silberstaub für die Flügel – und die Haare wuchsen wieder!